UNE FAMILLE

ORLÉANAISE

PENDANT UN SIÈCLE

~~~~~~~

LES DU GAIGNEAU DE CHAMPVALLINS

(1786-1893)

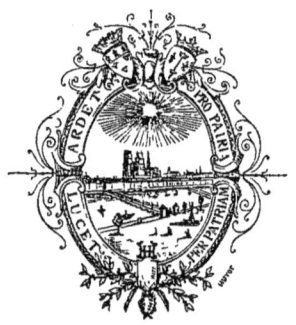

ORLÉANS

H. HERLUISON, LIBRAIRE-ÉDITEUR

17, RUE JEANNE-D'ARC, 17

—

1893

UNE

FAMILLE ORLÉANAISE

PENDANT UN SIÈCLE

LES DU GAIGNEAU DE CHAMPVALLINS

(1786-1893)

ORLÈANS, IMP. G. JACOB. P. PIGELET, SUCCESSEUR.

DE CHAMPVALLINS

DE St MESMIN

TASSIN

DE PUYVERT

LA FAMILLE
DU GAIGNEAU DE CHAMPVALLINS

UNE FAMILLE
ORLÉANAISE

PENDANT UN SIÈCLE

~~~~~~~~

LES DU GAIGNEAU DE CHAMPVALLINS

(1786-1893)

ORLÉANS

H. HERLUISON, LIBRAIRE-ÉDITEUR

17, RUE JEANNE-D'ARC, 17

—

1893.

UNE

FAMILLE ORLÉANAISE

PENDANT UN SIÈCLE

LES DU GAIGNEAU DE CHAMPVALLINS

(1786-1893)

Iʟ est des races en quelque sorte privilégiées, où le culte des traditions et la pratique des vertus se passent de génération en génération, comme un patrimoine : notre ville d'Orléans en fournirait plus d'un exemple. On dit même que, dans le bouleversement général des mœurs et des coutumes, nous restons, sous ce rapport, une exception. Il n'y a pas lieu d'en être moins fier ; et, en conservant le souvenir de ces salutaires enseignements, on peut être assuré de faire une œuvre profitable. Autrefois, des « livres de raison » étaient renfermés pieusement dans les archives privées, où on est heureux de les retrouver quelques siècles plus tard. Les conditions de la vie moderne ont changé ce vénérable usage : il faut presque se presser maintenant pour que de précieuses mémoires ne se perdent point dans les multiples manifestations d'une publicité qui, en parlant de tout, ne respecte rien. On ne sera donc point étonné de voir consacrer quelques pages intimes à trois générations d'hommes de bien, qui ont été à des titres divers l'honneur de notre cité.

La maison du Gaigneau n'est point originaire de l'Orléanais (1). Elle vient de Bourgogne, où elle possédait plusieurs terres nobles. Ses relations intimes avec le cardinal de Coislin lui firent quitter cette province pour Orléans, lorsque Mgr de Coislin fut nommé évêque de notre diocèse. Le prélat avait pour cette famille une affection si vraie, qu'il fit don à l'un de ses membres d'une somme de dix mille livres, comme il est constaté par un contrat de mariage encore existant.

Pour reconnaître les services rendus par elle à l'État, Louis XIV confirma, par lettres-patentes du mois de septembre 1676, enregistrées à la Chambre des Comptes le 28 novembre 1678, ses titres de noblesse, qui étaient bien antérieurs, ainsi que le prouvent de très anciens actes publics.

La vertu, d'ailleurs, fut héréditaire comme la no-

(1) La plupart des éléments de cette notice sont puisés dans une brochure publiée peu de temps après la mort de M. Alexandre-Désiré de Champvallins, et qui comprenait quelques pages de M. F. Baguenault de Puchesse, et un travail lu à la Société d'Agriculture, Sciences, Belles-Lettres et Arts d'Orléans, par M. l'abbé de Torquat, dans la séance du 2 mars 1860.

blesse dans la famille. Elle n'a jamais oublié ce vers de Juvénal, mis en tête de sa généalogie par Claude du Gaigneau :

Nobilitas sola est atque unica virtus.

Jean du Gaigneau mourut à Avallon, victime de sa foi et de l'honneur, vers 1565 (1).

En 1722, Alexandre du Gaigneau de Champvallins, continuateur de la généalogie commencée par Claude, adressait à ses enfants ces paroles remarquables : « Vous avez vu notre généalogie du côté paternel, et vous n'y trouverez rien qui ne vous invite à craindre et à aimer Dieu et à être honnêtes gens. Ressemblez donc à vos pères, et allez plus avant si vous pouvez, Le chemin vous est tracé. »

Une qualité distinctive, et qui s'est perpétuée jusqu'à nos jours chez les du Gaigneau, c'est l'amour de la vie de famille, qui a entretenu la plus parfaite harmonie entre les parents, les enfants, les frères et les sœurs.

(1) Les huguenots de Vézelay le surprirent chez lui, avec Claude Billot, son curé, et se préparaient à lui faire subir le sort des autres catholiques, massacrés à Vézelay, lorsque la femme du commandant de la troupe obtint sa grâce. On exigea de lui une rançon de 3.000 livres, dont on lui promettait de l'exempter, s'il voulait arquebuser Claude Billot. Jean du Gaigneau, non seulement repoussa la proposition avec horreur, mais il offrit une seconde rançon pour son curé. Elle fut refusée. Claude Billot fut assis dans une fosse, couvert de terre jusqu'à la tête, qui servait de but aux huguenots jouant à la boule, et expira dans cet état, après les plus affreuses tortures. Jean du Gaigneau, malgré la rançon qu'il paya, fut exposé à tant de mauvais traitements, qu'il en mourut à Avallon, à l'âge de trente-trois ans.

Plusieurs du Gaigneau ont porté les armes et se sont distingués par leur valeur. En 1692, Pierre du Gaigneau de Châteaumorand, sieur de Champrenaut, capitaine au régiment de marine, conseiller du roi et du duc d'Orléans, obtint la charge de maître des eaux et forêts d'Orléans, et vint se fixer dans notre ville. Ses vertus et sa foi l'avaient signalé à l'attention du cardinal de Vendôme, nonce du Saint-Siège auprès de Louis XIV. En vertu des pouvoirs que lui avait accordés le souverain-pontife Clément IX, le cardinal-nonce lui conféra, le 24 avril 1658, les titres et les privilèges : 1° de militaire et chevalier, aux insignes d'or, du sacré palais apostolique et de la cour du Vatican ; 2° de comte palatin.

Il épousa, en premières noces, Madeleine de la Fons, et en deuxièmes noces Marie Vaillant, d'une vieille famille orléanaise, fille d'Antoine Vaillant, écuyer, sieur de Champvallins. Il eut sept enfants. Deux seulement ont vécu et contracté mariage, savoir : Élisabeth-Marguerite, mariée à François de Heere, chevalier, seigneur de Villermin, premier président du présidial d'Orléans ; Alexandre, écuyer, sieur de Châteaumorand, de Champrenaut, du Mée en Beauce et de la Métrais. Alexandre est le premier du Gaigneau qui prit le nom de Champvallins, terre noble de la paroisse de Sandillon, qui lui venait de sa mère, nièce et héritière d'Antoine Vaillant, chanoine de Saint-Aignan, prévôt d'Herbilly, sieur de Champvallins.

La charge de maître des eaux et forêts, obtenue par Pierre du Gaigneau, resta dans la famille jusqu'en 1791, où elle fut supprimée par l'Assemblée constituante.

Le dernier du Gaigneau qui l'exerça fut Alexandre-Charles, écuyer, sieur de Châteaumorand et de Champvallins. Sous le Consulat, on lui proposa d'entrer dans la nouvelle administration des eaux et forêts ; mais il préféra le repos que réclamaient ses années. Il avait épousé, le 19 avril 1784, Mlle Marie-Félicité Tassin de Villepion, fille du procureur du roi au siège présidial d'Orléans. La mère de M. de Barante était aussi une Tassin de Villepion, et le futur historien des ducs de Bourgogne raconte dans ses *Mémoires* (1) comment une députation de jeunes femmes d'Orléans, parmi lesquelles était une sœur de sa mère, se présenta un jour à la barre de la Convention pour demander la liberté de leurs pères ou de leurs maris, menacés de la hache révolutionnaire, à la suite des insultes méritées faites à Léonard Bourdon. Son grand-père dut même se réfugier en Auvergne ; mais bientôt, par ordre de la justice du temps, il fut ramené de brigade en brigade à Orléans, où il échappa à grand'peine à la fureur des Jacobins. Le baron de Barante avait déjà l'âge d'homme ; mais son cousin-germain, M. de Champvallins, ne faisait qu'entrer dans la vie.

(1) Tome I, p. 9 et suiv., *Mémoires de M. le baron de Barante*, publiés par son petit-fils, M. Claude de Barante.

Alexandre-Désiré DE CHAMPVALLINS
1786-1860

Ludovic DE CHAMPVALLINS
1813-1892

Amédée DE CHAMPVALLINS
1840-1893

I

M. Alexandre-Désiré du Gaigneau de Champvallins naquit le 6 février 1786. Ses premières impressions durent être celles de la Terreur ; car, tout enfant, il vit deux fois son père jeté en prison, et il l'eût perdu infailliblement, sans deux circonstances qui méritent d'être signalées. Les habitants de Sandillon, informés de la captivité du seigneur de Champvallins, avec un courage qui les honore et qui révèle l'estime qu'ils avaient pour la victime, demandèrent et obtinrent une première fois son élargissement. La chute de Robespierre lui rendit une seconde fois la liberté.

Aux émotions de la crainte succéda, pour M. Alexandre-Désiré de Champvallins, le doux calme de la vie de famille, que lui apprenaient à connaître six frères et sœurs, unis par les liens d'une communauté parfaite, dont on a peu d'exemples. Son éducation fut confiée à un Orléanais aussi recommandable par ses vertus qu'il est connu par ses écrits religieux, M. Picot, de Neuville, auteur de *Mémoires pour servir à l'histoire ecclésiastique contemporaine*, fondateur et rédacteur en chef du journal intitulé : l'*Ami de la*

Religion et du Roi. L'étude du droit succéda à celle des auteurs classiques, et M. de Champvallins se disposa à entrer dans la magistrature. Puis, le 3 décembre 1810, il épousait Mᵐᵉ Marie-Madeleine-Pauline de Saint-Mesmin, dernier membre d'une famille qui donna plusieurs témoins dans le procès de réhabilitation de Jeanne d'Arc, fut anoblie par Charles VII, à cause des services qu'elle avait rendus au roi et à l'État, et occupa une place importante dans l'histoire d'Orléans.

Quatre mois après, le 2 avril 1811, il était nommé substitut du procureur impérial près le tribunal de première instance d'Orléans. La Restauration le trouva à ce poste, et voulant tout à la fois récompenser son mérite et honorer le nom de Champvallins, elle le fit passer immédiatement à la Cour royale, où il fut installé comme conseiller, le 3 novembre 1814, en remplacement de M. d'Arnaut, décédé.

M. de Champvallins avait salué avec bonheur le retour d'une dynastie à laquelle le rattachaient les traditions paternelles ; il lui resta fidèle aux jours de l'épreuve, et quitta la robe de magistrat après la constitution du 20 mars 1815. Suspendu de ses fonctions par Napoléon, ainsi que tous ceux qui devaient leur nomination à Louis XVIII, M. de Champvallins fut réintégré par décret impérial du 31 mars 1815 ; mais il refusa de siéger, malgré trois lettres d'invitation du procureur général et une sommation faite par exploit d'huissier, et ne rentra à la Cour que le 16 juillet suivant, après le retour des Bourbons et par ordre du roi.

Tous les collègues de M. de Champvallins à la Cour royale ont dit avec quelle intégrité, quelle indépendance de caractère le jeune conseiller exerça ses fonctions. S'il n'avait pas l'éloquence d'un avocat, il possédait à un haut degré la clarté, la netteté, la fermeté, l'impartialité qui doivent accompagner les arrêts du magistrat.

Une occasion mémorable se présenta pour lui de déployer les deux grandes vertus du juge : la fermeté et l'impartialité. Des individus compromis dans l'attaque du général Berton contre Saumur, comparurent aux assises d'Orléans comme accusés. M. de Champvallins présidait. Il eut le rare talent de se concilier, dans un procès politique, l'estime de l'accusation et de la défense.

L'autorité le désigna bientôt pour aller recevoir le serment des membres du tribunal de Vendôme et leur donner l'institution royale; la Cour le nomma commissaire pour l'examen des projets de loi sur les saisies immobilières, les faillites et les ventes judiciaires.

En 1819, l'Académie d'Orléans s'étant constituée définitivement sous le nom de Société royale des Sciences, Belles-Lettres et Arts, M. de Champvallins fut appelé un des premiers à faire partie de cette assemblée, qui réunissait tout ce que la ville renfermait d'hommes sérieusement adonnés à l'étude, et il y occupa toujours dignement sa place.

Ce n'était pas seulement les magistrats, les lettrés qui savaient distinguer le mérite de M. de Champvallins. Malgré sa modestie bien connue, les honneurs lui arrivaient de toutes parts. En 1816, il entrait au conseil municipal. En 1823, il recevait du roi la croix, alors peu prodiguée, de la Légion-d'Honneur. En 1827, il était envoyé à la Chambre des députés par le grand collège électoral du département du Loiret; en 1829, il était, par ordonnance royale, créé président de chambre à la Cour d'Orléans, et succédait à l'honorable M. de la Place de Montevray, nommé premier président.

Dans toutes les assemblées où il fut appelé à délibérer, M. de Champvallins sut se concilier le respect de tous par la loyauté de son caractère et une ligne de conduite qui ne varia jamais. Ceux mêmes qui ne partageaient pas ses opinions se plaisaient à rendre hommage à la droiture de ses intentions, à son humeur conciliante, à sa bonté inépuisable.

Il siégea à la Chambre des députés pendant les sessions mémorables de 1828 et de 1829. Il assista aux séances orageuses du mois de mars 1830, et fut un des cent quatre-vingt-un députés qui votèrent contre la fameuse adresse qui amena la dissolution de la Chambre et hâta la chute du trône.

Le 22 juillet 1830, les collèges d'arrondissement sont réunis pour procéder à de nouvelles élections. M. de Champvallins, vice-président de la deuxième section du collège d'Orléans, prononce un discours empreint de modération et de dévoûment à la royauté. Il y trace le portrait suivant d'un bon et loyal député: « Indépendant dans ses opinions, prémuni contre toute influence, son vote consciencieux est toujours le résultat de sa conviction, et il n'ira pas sacrifier à ses haines ou à ses affections politiques les hauts intérêts qui lui sont confiés. »

Le 19 juillet suivant, lors du renouvellement de la Chambre, il se portait comme candidat au grand collège du département, avec MM. de Riccé, ancien préfet, Crignon de Montigny, de Rocheplatte ; et le 22, après trois tours de scrutin, il fut écarté par trois voix seulement de majorité données à M. Crignon de Montigny.

M. de Champvallins, à la Chambre des députés, ne fut pas un homme de tribune ; mais sa valeur était appréciée dans les bureaux. Deux fois on le nomma rapporteur, et il fit partie des commissions chargées de l'examen de la proposition relative à la censure facultative, du projet de loi relatif à la presse périodique, du projet de loi relatif à l'interprétation de l'article 60 de la loi sur l'enregistrement. On sait toute l'importance qu'on attachait aux deux premiers projets.

Après les événements du mois de juillet 1830, fidèle à la ligne politique qu'il avait toujours suivie, M. de Champvallins refusa de prêter serment au nouveau gouvernement et rentra dans la vie privée.

Il quitta dans le même temps la toge du magistrat et la robe de l'édile. Cependant le bon sens des électeurs ne pouvait pas toujours laisser étranger aux affaires de la cité un administrateur aussi précieux que M. de Champvallins ; aussi la voix populaire le rappela-t-elle au conseil municipal dans le mois de juin 1843 ; mais, en février 1848, le commissaire du gouvernement provisoire fit une épuration, et l'ancien président à la Cour royale fut compris parmi ceux que la République écartait. Le vote universel, en dépit des préjugés politiques, le fit rentrer une troisième fois dans le conseil de la ville, et il y resta jusqu'au mois de juillet 1852.

A cette époque, les pouvoirs municipaux étant expirés, on procéda à de nouvelles élections, qui eurent lieu au mois d'août de la même année. Mais alors on exigeait un serment de ceux qui étaient élus : M. de Champvallins, par un sentiment très respectable, ne crut pas devoir l'accorder. Il déclina toute candidature et se tint à l'écart.

Ceux qui ont siégé avec lui pendant sa longue carrière municipale aimaient à rendre justice à sa loyauté ; tous lui reconnaissaient un jugement droit, une grande netteté dans les idées, un talent remarquable pour éclairer le point discuté et ramener à la question ceux qui s'en écartaient. Tous avouaient qu'il ne mêla jamais les passions politiques à la discussion des intérêts de la cité.

A partir de 1852, M. de Champvallins vécut en dehors des affaires. Le bonheur qu'il éprouvait à se rendre utile le retint seulement au bureau de l'assistance judiciaire, dans le conseil de la fabrique de la cathédrale, dans l'administration du Crédit foncier, au conseil d'administration de la société d'Assurance mutuelle contre l'incendie l'*Orléanaise*, dans la commission pour l'établissement des Sœurs de charité dans le département, dans la réunion des protecteurs des Jeunes Apprentis.

Lorsqu'il eut renoncé à siéger comme juge, il aima toujours à remplir le rôle honorable de conseiller des familles, de conciliateur dans les différends. Souvent il fut choisi pour régler des affaires de succession ; il épargnait ainsi des frais aux héritiers et empêchait les divisions qu'amènent presque toujours les questions d'intérêt.

La vie privée dans laquelle il était rentré, loin de diminuer sa position politique, l'agrandit. Il dirigea dès lors, avec une autorité que nul ne contestait, avec un talent qu'aucun n'égalait, le groupe nombreux encore de ceux qui, fidèles à leurs convictions, ne s'étaient pas laissé aller à la pente des événements. Il présida jusqu'aux derniers jours à cette lutte à la fois persévérante et modérée, invariable dans les principes, conciliante avec les personnes, qui fut successivement représentée par les journaux l'*Orléanais*, l'*Union orléanaise*, et ensuite, d'une manière plus puissante et plus large, par le *Moniteur du Loiret*. Quoique chef d'une opinion, c'était l'homme de tous, estimé, aimé, accepté par tous, et sa voix était écoutée des partis comme celle du bon sens, de la sagesse, de la modération.

C'est qu'il était en effet le modèle comme le maître de tous. Son nom était un drapeau, sa présence était une force : drapeau de l'union et du bien, force du droit et de la justice. A toutes les œuvres, à toutes les réunions, à tous les conseils où il assistait, par un sentiment naturel, par un consentement unanime, la présidence avec la direction lui était dévolue ; et il était remarquable de voir alors la lucidité de son esprit, la netteté de ses conseils, la rectitude de son jugement, son habileté à aller directement au but, à ramener toujours la discussion vers son véritable

point, à résumer avec une présence d'esprit merveil-
leuse les questions les plus complexes et les plus
ardues. Il retenait les uns, soutenait les autres, avec
ce tact qui sauvegardait tous les amours-propres,
avec cette mesure qui effaçait toutes les dissidences,
avec cette justesse d'aperçu qui ramenait tous les
esprits, avec cette bonté qui attirait toutes les sympa-
thies et rapprochait tous les cœurs.

Soit qu'il dirigeât une réunion politique, soit qu'il
tînt une séance d'affaires, soit qu'il présidât une Asso-
ciation religieuse, comme celle des Sœurs des Ecoles,
à laquelle il consacra jusqu'à sa dernière heure ses
soins les plus chers, il était toujours le même : chrétien à la fois pieux et tolérant ; homme du droit en
même temps que du devoir ; généreux à toutes les
œuvres, bienveillant à toutes les misères, secourable
à tous les besoins. Ses services ne peuvent pas plus
se compter que ses bienfaits, et sa charité n'était
égalée que par son dévoûment. En un mot,
M. de Champvallins a été un de ces hommes de
mérite supérieur, un de ces hommes de bien par excel-
lence, qu'on doit d'autant plus regretter qu'on ne les
remplace pas.

Il est mort avec la sérénité du juste, avec le courage
du chrétien ; prévoyant tout, présent à tout, riche
devant Dieu de tout le bien qu'il avait fait aux
hommes. Et au milieu de la douleur des siens comme
du deuil général, devant cette perte à la fois privée et
publique, un de ceux qui l'ont le plus connu, apprécié,
admiré, un ami d'enfance de son fils éprouva une
grande consolation mêlée d'une grande tristesse à lui

rendre publiquement, dans les feuilles représentant son opinion, la *Gazette de France* et l'*Union*, le témoignage dû à tant d'intelligence, à tant de sagesse, à tant de vertu, à tant de bonté.

A ces manifestations parties d'Orléans, les voix les plus autorisées vinrent donner le complément qu'elles devaient recevoir et imprimer une sanction que nul ne put contester.

L'*Ami de la Religion*, journal si longtemps dirigé par le pieux et savant M. Picot, qui avait été le précepteur de M. de Champvallins, s'empressa naturellement de rendre témoignage au digne élève de son ancien fondateur :

« Depuis plus de cinquante ans, a dit ce journal (et la *France centrale* a reproduit ces paroles), M. de Champvallins exerçait dans sa ville natale une de ces hautes magistratures morales, dont la considération publique investit certains hommes, et qui dominent toutes les opinions. C'était un de ces patriarches de vertu, d'honneur et de dévouement, qui commandent à tous autour d'eux le respect et l'estime ; et l'on peut dire, à l'honneur de sa mémoire, qu'il ne s'est pas fait de bien depuis un demi-siècle, dans une ville renommée pour sa bienfaisance et sa charité, qu'il n'y ait mis généreusement la main. En le perdant, Orléans perd un de ces chrétiens des vieux âges, un de ces types purs et antiques que le temps efface de plus en plus, mais dont le souvenir demeure comme un modèle aux générations. »

M. Mauge, conseiller à la Cour d'Orléans, vice-. président très zélé de l'*Œuvre des Apprentis*, dont

M. de Champvallins était président, publia, dans les deux journaux d'Orléans, une note vive et bien sentie qu'on lit encore avec plaisir :

« Toutes les classes de la population étaient représentées ce matin près de la tombe qui vient de s'ouvrir pour un de nos concitoyens les plus respectables et les plus regrettés.

« M. de Champvallins était connu de tous pour son inépuisable bienfaisance, et surtout par la pieuse et admirable modestie avec laquelle il s'appliquait à cacher ses bienfaits.

« Dans le cortège qui suivait les restes mortels de cet homme de bien, on a pu remarquer un groupe d'enfants et de jeunes hommes, dont le cœur, comme celui de tant d'autres, battait sous l'impression de la reconnaissance et du respect. C'était une députation des *Jeunes Apprentis*.

« Ils savaient quel intérêt et quelle affection leur portait M. de Champvallins, l'un des fondateurs et des plus généreux bienfaiteurs de cette œuvre, dont une voix unanime l'avait prié d'accepter la présidence.

« Ils savaient combien souffrait ce vénérable vieillard, quand des obstacles de santé, que nous déplorions tous, le privaient d'assister aux réunions publiques ou privées de la société : aux réunions privées, où l'on appréciait si bien la précision de sa parole et la remarquable netteté de son esprit ; aux réunions publiques, où son sourire plein de grâce et de bonté doublait le prix de la récompense pour ces jeunes hommes, heureux de venir presser respectueusement sa main.

« Qu'il soit permis à ces jeunes gens, à leurs familles, à leurs instituteurs, à leurs patrons, à tous leurs protecteurs, de payer publiquement leur tribut de reconnaissance et de regrets à l'homme si éclairé, si pieux et si modeste, dont le nom restera toujours pour eux entouré d'une sincère gratitude et d'une profonde vénération. »

A la séance du 2 mars 1860 de la Société d'Agriculture, Sciences, Belles-Lettres et Arts d'Orléans, dont M. de Champvallins était membre, M. l'abbé de Torquat se déclara heureux de se faire son biographe et donna lecture d'une notice historique pleine d'intérêt, que la Société accueillit avec la plus grande faveur et dont elle vota par acclamation l'insertion dans ses *Mémoires*.

Les plus hauts témoignages n'ont pas manqué à l'homme que les liens de l'amitié comme des relations politiques ont trouvé également fidèle et dévoué.

Dans une lettre adressée immédiatement à la famille, M. de Barante s'exprimait ainsi :

« Je savais ses bonnes et grandes qualités, et la juste considération dont il jouissait à Orléans, et j'étais fier de lui appartenir par le sang et par l'amitié. »

Et peu de jours après, M. Berryer, obéissant à un sentiment spontané de regret et de sympathie, laissait échapper ces paroles de sa plume :

« M. de Champvallins m'a honoré de son amitié : j'ai eu, en toute rencontre, la plus haute estime pour la conduite, les principes et le caractère de cet homme de bien ; et je n'ai pas moins apprécié les rares et

belles qualités de son cœur que la justesse et la droiture de son esprit. »

Mais la plus belle, la plus glorieuse consécration
de ces sentiments manifestés de tant de points divers,
a été donnée, du haut de la chaire de la cathédrale,
par une voix éloquente que tout le monde catholique
a écoutée et admirée. M⁶ʳ Dupanloup, inaugurant, le
26 février, en présence d'un immense auditoire, ses
belles prédications du Carême par un discours sur le
Monde, prononça, au milieu de l'émotion générale, et
lui-même d'une voix émue, ces nobles et saisissantes
paroles :

« Les serviteurs de Dieu sont dans le monde, mais
ne sont pas du monde; Dieu les en tire et les rappelle
à lui... Mais qu'ai-je dit, et quel souvenir se présente
ici à moi? Non, il n'était pas du monde! Il était dans
le monde, mais il n'était pas du monde, cet homme de
bien que la mort a ravi hier même à nos affections et
à nos respects bien mérités, et dont la perte est un
deuil non seulement pour sa famille, mais pour tant
d'amis dévoués qu'il comptait parmi vous, Messieurs,
et pour la cité tout entière. Il était dans le monde,
mais il n'était pas du monde, ce chrétien fidèle et généreux, cet homme si simple et si bon, d'un esprit si
ferme et si doux, d'une âme si droite et si sincère,
d'un conseil si sage, d'un commerce si aimable et si
sûr, d'un si bienveillant accueil, d'un cœur si tendre,
d'une charité si prodigue (j'en sais quelque chose) ! Il
n'était pas du monde; Dieu l'avait préservé du mal et
de la contagion du monde; Dieu l'avait élevé par la
foi et la pratique du bien au-dessus de ces régions du

monde ; puis il l'a rappelé à lui, couronnant sa longue et belle vie par une paisible et sainte mort. Il disparaît du milieu de nous plein de jours et de mérites, ce père de famille vénéré ; mais ses enfants et petits-enfants garderont sa mémoire et perpétueront ses exemples. Ils demeureront dans le monde, mais ils ne seront pas du monde ; ils seront fidèles aux nobles traditions de leur père, et sous l'inspiration des exemples et des vertus qui survivent, ils aimeront Dieu et les pauvres ; ils recueilleront, pour le transmettre à leur tour, le triple héritage d'honneur, de charité généreuse et de religion conservé jusqu'à ce jour avec une inviolable fidélité et par tous. »

Magnifique hommage, déposé comme une couronne suprême et immortelle sur toute une vie de fidélité et de dévoûment ; hommage qui élève l'éloge au niveau du mérite et demeura comme le sceau du plus illustre des évêques sur la tombe du plus digne de ses diocésains !

D'une nombreuse famille, M. de Champvallins n'avait conservé qu'une sœur, mariée à M. le vicomte d'Hardouineau, maréchal-des-logis des gardes du corps du roi, type du parfait honneur, et ayant longtemps entretenu avec elle les grandes traditions qui cadraient si bien avec les rares qualités de leurs cœurs. Restée veuve, sans postérité, elle s'adonna plus encore aux œuvres charitables et religieuses, pratiquant magnifiquement l'aumône, soit dans notre ville, où elle s'occupait particulièrement de l'œuvre de la Providence et de la Société de charité maternelle, soit dans la commune de Loury, où elle fondait une école de Sœurs et une salle d'asile.

Elle est morte au mois de septembre 1880, à l'âge de 87 ans ; et la demeure qu'elle habitait place de l'Étape, attenant à la Mairie, ayant été acheté par la ville, a toujours conservé dans le souvenir des Orléanais le nom d'Hôtel Hardouineau.

II

M. Ludovic de Champvallins héritait donc de son père d'une honorabilité et d'une considération publique absolument exceptionnelles. Sa mère, enlevée subitement en 1863, lui avait laissé l'exemple d'une générosité chrétienne qui n'avait pas de limites. Selon les antiques traditions locales, qui étaient celles de sa famille, M. de Champvallins, même marié, n'avait point quitté ses parents, dont la mort seule put le séparer, et il était demeuré fidèle à leur pieux souvenir. Non pas que sa vie ait jamais été oisive : au contraire, il s'était appliqué à remplacer utilement la carrière que les événements politiques lui avaient interdit de suivre. De bonnes études, le droit fait à Paris, de nombreux voyages occupèrent sa jeunesse ; et, quand l'âge mur arriva, les œuvres, si nombreuses à Orléans, ne tardèrent pas à employer toute son activité. Personne ne s'est donné aussi complètement que lui aux choses, même d'une minime importance, dont il se chargeait. M. de Champvallins était le secrétaire ponctuel, le trésorier perpétuel des affaires charitables. Tout était fait en temps utile, avec une régularité irréprochable, et souvent, sans rien dire, il remplissait la caisse vide qu'on l'avait forcé d'administrer. Jamais rien n'a périclité entre ses mains. C'est ainsi qu'il a été, depuis l'origine, président de la Conférence de Saint-Vincent-de-Paul de Sainte-Croix, trésorier de l'Œuvre de charité maternelle, trésorier du Comité des Écoles libres, etc.

Très fidèle à ses goûts littéraires, la plus grande partie de ses journées et de ses soirées se passait en intelligentes lectures, dont sa modestie ne faisait guère parade ; et il fallut que Mgr Dupanloup lui imposât d'être membre fondateur de l'Académie de Sainte-Croix. Vingt-cinq ans, il y remplit ses fonctions ordinaires de gardien du trésor et toujours un spirituel rapport rendait compte de l'exercice écoulé. On attendait avec curiosité la séance, unique chaque année, où il devait prendre la parole, et on s'amusait des ingénieuses saillies dont il égayait les arides questions de chiffres. Toujours en défiance de lui-même, nous ne croyons pas qu'il ait écrit d'autres travaux, sauf, si nous avons bonne mémoire, une brochure anonyme sur le suffrage universel, publiée en 1871, et dans laquelle. avec un remarquable bon sens, il jugeait la situation politique, indiquant le parti qu'auraient pu en tirer les conservateurs. Ferme dans ses opinions, il était le contraire d'un homme de parti. Les solutions les plus conciliantes ne répugnaient pas à ses principes ; et l'on s'est étonné quelquefois d'une modération, qui convenait bien à sa droite nature, et à laquelle les événements devaient donner plus tard raison.

Malade, presque infirme dans ses dernières années,

il vivait fort retiré, uniquement occupé de ses affaires à la campagne, surtout de ses pratiques religieuses, qu'il avait remplies toute sa vie avec le soin scrupuleux et la piété un peu austère de nos vieilles familles orléanaises. On lui avait ordonné comme hygiène des promenades fréquentes ; et, le croirait-on, c'était ce remède facile et que pratiquent tant de gens bien portants, qui lui était le plus pénible. Jamais, jusque-là, M. de Champvallins n'était sorti pour un autre motif qu'une course obligée, une œuvre utile à faire, un service à rendre ; il ne comprenait point l'innocente flânerie dans une rue ou dans un jardin ; cela lui semblait du temps perdu. Ce père de famille sans carrière était le plus occupé des hommes. Les pauvres étaient pour lui un souci constant ; mais sa générosité n'avait rien de banal et cherchait sans cesse un but élevé. Il avait continué dans la commune de Sandillon, où il était aimé et respecté de tous, les fondations de sa mère : église, hospice, écoles, il avait contribué à tout.

III

Une année ne s'était pas écoulée, que son fils aîné, Amédée de Champvallins, qui n'avait pas eu le temps de lui succéder, mais qui était riche déjà de vertus privées, succombait jeune encore, le 10 février 1893.

Il n'avait point dérogé aux nobles traditions de sa race. Après avoir fait, non sans succès, à La Chapelle-Saint-Mesmin, des études classiques. qu'il poursuivit jusqu'au droit, M. Amédée de Champvallins avait volontairement borné son horizon à la vie de famille et à la solitude prolongée de la campagne. Tandis que beaucoup essaient d'être tout, il avait mis une sorte de coquetterie désintéressée à n'être rien. D'une modestie aussi sévère pour soi-même qu'elle était indulgente aux autres, à peine s'il avait consenti à s'occuper silencieusement de quelques bonnes œuvres.

Et pourtant, celui qui avait été si réservé et si timide pendant sa vie, s'est montré héroïque et résolu devant la mort. Frappé soudainement d'une atteinte qui ne semblait pas irrémédiable, il ne voulut pas se faire un instant illusion sur la gravité de son état. Il ne pensa qu'à mettre en règle, pour lui et les siens, tout ce qui lui tenait le plus au cœur, après avoir rempli à son heure, avec la foi la plus scrupuleuse et la plus ferme, tous les devoirs de conscience, qu'une pratique ininterrompue lui avait rendus faciles, et ayant accompli jusque sur son lit de mort des actes auxquels tant d'autres n'auraient point songé. Ce grand exemple d'une fin courageuse et vraiment chrétienne est la seule consolation qui reste après lui. N'est-ce point la meilleure ? Et combien de ses amis qui ont joué peut-être un rôle plus brillant dans le monde, auraient raison de l'envier !

Il laisse un frère, dont le Conseil municipal d'Orléans a pu apprécier la compétence, et deux enfants qui auront à cœur de suivre ses traces, guidés par leur pieuse mère.

En restant dans les lieux mêmes, témoins de tant de vertus et de tant de bien modestement accompli, son fils trouvera devant lui ces trois exemples se succédant sans interruption en moins d'un siècle, et qui sont le cachet de la vraie noblesse, celle qui oblige à ne point se départir de glorieuses traditions : précieux modèles, non-seulement pour une famille, dont ils ont fait l'honneur, mais pour une ville et un pays tout entier qui ont le droit d'en réclamer leur part, de même qu'ils ont si largement profité de leur bienfaisance éclairée et de leur dévouement.

I. Jehan Tassin, l'un des défenseurs d'Orléans au siège de 1429. — II. Pierre
VI. Charles Tassin, échevin d'Orléans en 1672. — VII. Charles-J.

VIII

Charles Tassin, secrétaire du roi, épouse en 1722 Marie Jousse.

IX

Charles-François Tassin, seigneur de Charsonville, secrétaire du roi, grand-maître des Eaux-et-Forêts, épouse en premières noces Marie Colas des Francs, et en secondes noces Catherine de Moléon, d'où neuf enfants.

X

1º Marie Tassin, mariée en 1700 à Pierre-Alexandre de Laage, directeur général des fermes du duché d'Orléans ;

2º Tassin de Montcourt, marié à Félicité Leclerc de Douy, décapité en 1793 ;

3º Marie, mariée en 1773 à Louis de Loynes d'Estrée ;

4º Athanase Tassin de Villiers, marié en 1790 à Rose de Briant ;

5º Tassin de Villemain, religieux à la Trappe ;

6º François Tassin de Beaumont, marié en 1796 à Émilie Tassin de la Renardière, dont le fils épousa Agathe Tassin d'Authon, d'où Marcel Tassin de Beaumont, Mme de Champvallins et Mme Gombault ;

7º M. Tassin de Montaigu ;

8º Marie Tassin, mariée en 1789 à Hugues, vicomte d'Alès du Corbet ;

9º Joseph Tassin de Messilly, seul enfant du second mariage, marié en 1794 à Julie Colas de Brouville-Malmusse, d'où Mme Lhuillier de Touchaillou et Mme Duclerc.

FAMILLE TASSIN, D'ORLÉANS

TASSIN. — III. Nicolas TASSIN. — IV. Pierre TASSIN. — V. Pierre TASSIN. TASSIN, épouse en 1691 Catherine Rousselet, d'où deux fils :

VIII

Guill. TASSIN DES HAUTS-CHAMPS, seigneur de Villepion, échevin, écuyer, épouse en 1730 Madeleine Arnault de Nobleville.

IX

TASSIN DE VILLEPION, intendant des finances du duc d'Orléans, marié en 1760 à Anne Leclerc de Douy, d'où huit enfants.

X

1º Anne TASSIN DE VILLEPION, mariée en 1780 à Claude Brugières de Barante, d'où Mme Anisson-Duperron et le baron Prosper de Barante, de l'Académie française, pair de France, qui laissa deux enfants : le baron de Barante, député et sénateur, et la baronne de Nervo ;

2º G. TASSIN DE VILLEPION, conseiller à la Cour de Riom ;

3º Jacques TASSIN DE BROUVILLE, marié en 1792 à Pauline Colas de Brouville ;

4º Félicité TASSIN DE VILLEPION, mariée en 1783 à A. du Gaigneau de Châteaumorand et de Champvallins, d'où Alexandre-Désiré du Gaigneau de Champvallins et la vicomtesse d'Hardouineau ;

5º Angélique TASSIN DE VILLEPION, mariée en 1790 à Lasneau de Latingy ;

6º J.-F. TASSIN DE VALLIÈRE, marié en 1795 à Pauline de la Rousselière ;

7º André TASSIN DE NONNEVILLE, épouse en 1799 Geneviève de Fays ;

8º L.-A. TASSIN DE GOURVILLE, épouse en 1807 Marie-Jacque de Mainville.

M. Alexandre-Désiré de Champvallins épouse Mlle de Saint-Mesmin, d'où Ludovic de Champvallins et Mme de Montmarin. — M. L. de Champvallins laisse trois enfants : Amédée, Paul et Mme R. de Fougères ; Mme de Montmarin laisse quatre enfants : René, Gaston, Mme de Lacombe et Mlle Céline de Montmarin.

www.ingramcontent.com/pod-product-compliance
Lightning Source LLC
Chambersburg PA
CBHW060900180626
46818CB00004B/1801